ENTERRADO EN EL JARDÍN

Escrito por Gail Herman

Ilustrado por Jerry Smath

Adaptación al español por Alma B. Ramírez

Kane Press, Inc.
New York

Acknowledgement: Our thanks to Larry D. Agenbroad, Professor of Geology, Northern Arizona University; and Kathy Anderson, Exhibit Coordinator and Webmaster, The Mammoth Site, Hot Springs, SD for helping us make this book as accurate as possible.

Library of Congress Cataloging-in-Publication Data

Herman, Gail.
  [Buried in the backyard. Spanish]
  Enterrado en el jardín / escrito por Gail Herman ; ilustrado por Jerry Smath ; adaptación al español por Alma B. Ramirez.
      p. cm. — (Science solves it! en español)
Summary: While trying to dig a swimming pool in their backyard, Ryan and Katie discover what they think is a dinosaur bone.
    ISBN-13: 978-1-57565-262-7 (alk. paper)
  [1. Woolly mammoth--Fiction. 2. Brothers and sisters--Fiction. 3. Spanish language materials.] I. Smath, Jerry, ill. II. Ramirez, Alma. III. Title.
Series.
  PZ73.H3848 2007
  [Fic]—dc22
                                                            2007026570

10 9 8 7 6 5 4 3 2 1

First published in the United States of America in 2003 by Kane Press, Inc.
Printed in Hong Kong.

Science Solves It! is a registered trademark of Kane Press, Inc.

Book Design/Art Direction: Edward Miller

www.kanepress.com

—¡Lo único que quieres hacer es leer acerca de los dinosaurios! —dijo Katie.

Ryan sonrió. —¡Los dinosaurios son asombrosos!

—Pero es verano —le dijo Katie—. ¡Deberíamos estar afuera haciendo algo divertido!

3

—Sólo saldría si pudiéramos nadar —dijo
Ryan—, pero la piscina municipal está cerrada.

—Ummm —dijo Katie—. ¡Qué buena idea!

—¿Qué idea? —le preguntó Ryan.

Katie sonrió. —¡Necesitamos una piscina!

Ryan soltó su libro.

—¡Mamá! ¡Papá! —Katie y Ryan corrieron a la cocina—. ¿Podríamos tener una piscina en el jardín?

—¿Una piscina? —preguntó su mamá—. Eso cuesta demasiado dinero.

Su papá se rió. —Demasiado. La única forma de tener una piscina sería cavándola nosotros mismos —se rió con más fuerza.

Katie sacó a Ryan del cuarto. —Eso es
—susurró—. Cavaremos nuestra propia piscina.

Ryan la miró como si estuviera loca. —Sabes
que papá bromeaba, ¿no?

—Claro que sí —dijo Katie— ¡pero eso no
significa que no lo podemos hacer!

—¿Dónde están las palas? —preguntó Ryan.

Katie y Ryan se pusieron a trabajar sin pensarlo dos veces. Cavaron cerca de los arándanos. Más y más profundo. Era mucho trabajo, pero el hoyo era cada vez más grande.

¡*TOC!* De repente, la pala de Katie chocó contra algo duro. —Debe ser una piedra —dijo Ryan.

Katie cavó más. Miró dentro del hoyo. —No es una piedra.

—Quizás sea el tronco de un árbol —dijo
Ryan y empezó a cavar junto a Katie. Lo que
estaba enterrado era muy largo, pero no muy
grueso. Al fin, lo sacaron de la tierra. Ryan lo
limpió con un cepillo.

—Es un hueso —dijo Katie.

—¡Vaya! —dijo Ryan—. Es casi de mi tamaño. Debe ser de un animal muy grande.

—Quizás de un caballo —dijo Katie.

—O quizás... —Ryan se quedó sin aliento— ¡de un dinosaurio!

Katie se rió. —¿Un hueso de dinosaurio?
¿En nuestro jardín? Estás soñando.

—¿Te parece? —dijo Ryan, corriendo a la
casa—. ¡Voy por una cinta de medir! —gritó.

—¡Cuatro pies! ¿Lo ves? —dijo Ryan—. Podría ser un hueso de dinosaurio. ¡Tenemos que llevarlo al museo y compararlo con los esqueletos de los dinosaurios!

—No nos dejarán entrar con este hueso enorme —dijo Katie.

—Claro que nos dejarán —dijo Ryan—. Los chicos entran allí con muchas cosas. Además, la señora de la entrada me conoce.

—No lo dudo —dijo Katie entre dientes.

Ryan tenía razón. Entraron en el museo sin ningún problema.

—Yo sé donde están los dinosaurios —dijo Ryan.

—Vaya sorpresa —murmuró Katie.

Pasaron por exposición tras exposición. Ryan estaba tan emocionado que no miraba nada. Ni siquiera se detuvo para atarse el cordón del zapato.

—¡Ah! —Ryan se tropezó y el hueso casi cayó al suelo.

—Lo agarraste a tiempo —dijo Katie.

Ryan se enderezó. Estaba frente a más huesos. Pegó un grito sofocado. —¡Katie! ¡Esto es lo que tenemos!

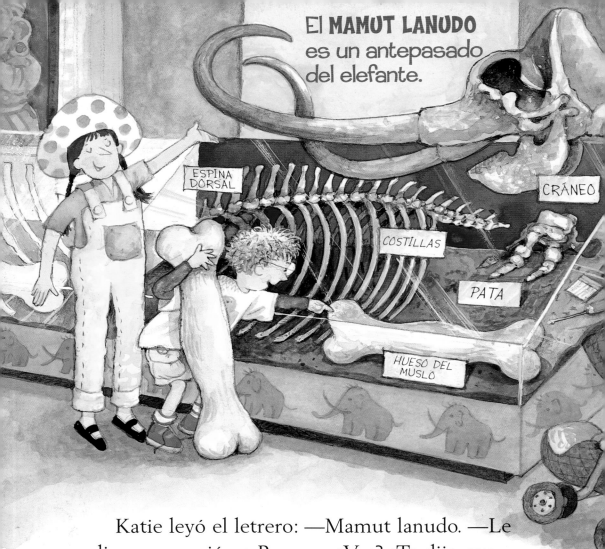

El **MAMUT LANUDO** es un antepasado del elefante.

ESPINA DORSAL

CRÁNEO

COSTILLAS

PATA

HUESO DEL MUSLO

Katie leyó el letrero: —Mamut lanudo. —Le dio un empujón a Ryan—. ¿Ves? ¡Te dije que no era un dinosaurio!

—¿Y qué? —dijo Ryan—. Éste también es un animal prehistórico. Vivió mucho después que los dinosaurios, pero de todas maneras, vivió hace miles y miles de años.

—¿De verdad? —dijo Katie—. ¡Y en nuestro jardín!

LOS DINOSAURIOS SE EXTINGUIERON HACE 65 MILLONES DE AÑOS.

HACE ALREDEDOR DE 5 2 MILLONES DE AÑO

LOS PRIMEROS SERES HUMANOS

Había diferentes tipos de mamuts, pero el más conocido es el **MAMUT LANUDO**. Un mamut adulto pesaba entre **12,000** y **16,000** libras, que es más o menos lo que pesa un autobús escolar.

—Sí —dijo Ryan—. Los mamuts lanudos vivieron en la misma época que los primeros seres humanos, en la Edad de Hielo.

—¿La qué? —preguntó Katie.

Ryan señaló la puerta. —Sígueme.

HACE 3½ MILLONES A 10,000 AÑOS   10,000 AÑOS ∿∿∿ A   HOY EN DÍA

PRIMEROS MAMUTS   MAMUTS LANUDOS   PIRÁMIDES DE EGIPTO   LOS ÚLTIMOS MAMUTS LANUDOS SE EXTINGUEN

LA EDAD DE HIELO

Hace unos dos millones de años, capas gruesas de hielo conocidas como glaciares se movían por toda la tierra. Todo estaba congelado. En algunos lugares, la nieve cubría el suelo durante todo el año.

16

—La Edad de Hielo era fantástica —dijo Ryan.

—Querrás decir FRÍA —dijo Katie.

Ryan sonrió. —Eso también.

—¿Y si hubiéramos vivido en esa época? —dijo Katie.

CHOZA DE HUESO DE MAMUT

¿Qué se puede hacer con un hueso de mamut? Los antiguos seres humanos construían chozas con ellos, principalmente en Rusia donde había pocos árboles. Pero eso no es todo. Usaban los huesos para hacer muebles y herramientas como palas, anzuelos, armas y hasta joyas. ¡Además, comían carne de mamut y se abrigaban con la piel del mamut!

—Quizás hubiéramos sido cazadores de mamuts —dijo Ryan—. Y hubiéramos cocinado carne de mamut para la cena.

—O quizás hubiéramos tenido un mamut como mascota y quizás, ¡hasta dos! —dijo Katie.

—No lo creo —dijo Ryan.

—Disculpen —un guardia se paró frente a
Ryan y Katie—. ¿De dónde sacaron ese hueso?

—Lo trajimos de casa —dijo Katie
rápidamente—. ¡Lo encontramos en nuestro
jardín!

—Bueno —dijo el guardia sonriendo—. Creo
que deberían hablar con nuestros científicos.

Ese mismo día, la Dra. Hook visitó a Ryan y a Katie en su casa. Habló con sus padres sobre los mamuts y la Edad de Hielo, y les explicó que quería hacer una excavación en su jardín para ver si había más huesos.

Unos días después, vinieron muchos científicos.
Las palas volaban. Las máquinas excavaban.

Un científico gritó: —Miren esto. Había
encontrado un colmillo de mamut. Era muy largo.
Katie y Ryan ayudaron a medirlo.

—¡Diez pies! ¡Guau! —dijo Ryan.

—¿Para qué usaban sus colmillos? —preguntó Katie.

—Para pelear —dijo el científico—. Y para picar la nieve y el hielo en busca de pasto. ¡Los mamuts comían 400 libras de plantas al día!

—¡Demasiada ensalada! —dijo Ryan.

¿Cómo se desentierra un fósil? Primero se usan máquinas y herramientas. En cuanto los científicos ven los fósiles en la tierra, usan instrumentos más pequeños. Los marcos de madera y otros marcadores ayudan a señalar dónde se encontró cada fósil.

23

Otro científico encontró un diente. ¡Era del tamaño de una caja de zapatos!

—Los mamuts adultos tenían cuatro dientes —les dijo a los chicos—. Cuando un diente se desgastaba, le salía otro en su lugar.

Al mamut le salían seis juegos de dientes durante su vida. Cuando el último juego se gastaba, el mamut ya no podía mascar y se moría.

Ryan y Katie pasaron hora tras hora en la excavación. Un día, la Dra. Hook se acercó a ellos apresuradamente.

—Tengo buenas noticias —dijo—. ¡Parece que aquí en su jardín hay un esqueleto de mamut completo!

Al día siguiente, *todo el mundo* se enteró del descubrimiento. Katie y Ryan aparecieron en la tele con su mamá y su papá.

NIÑOS DESCUBREN
ESQUELETO DE MAMUT

Cuando las cámaras dejaron de filmar, la mamá miró a sus hijos.

—Después de esto nos quedará un hoyo gigante en el jardín —dijo—. ¿Qué creen que debemos hacer con él?

Poco tiempo después Katie chapoteaba en su nueva piscina.

—Ven, entra —le dijo a Ryan.

Ryan miró la piscina por encima de su libro. Era como un abrevadero gigante. Un lugar al que los mamuts hubieran venido hace mucho tiempo. Casi los podía ver.

¿Qué mató a los mamuts? ¿Más cambios de clima? ¿Se convirtieron las llanuras en bosques y no tuvieron qué comer? ¿Fue por los cazadores humanos o por las enfermedades? No se sabe con certeza.

DESCANSA EN PAZ

—Ryan —gritó Katie—. ¡Lo único que quieres hacer es leer acerca de los mamuts lanudos! Ven. Ryan sonrió. Como hacía calor, también saltó a la piscina.

PIENSA COMO UN CIENTÍFICO

Ryan piensa como un científico, ¡y tú también puedes hacerlo!

Los científicos miden. Por ejemplo, intentan descubrir qué tan largo o corto, pesado o liviano, caliente o frío, es un objeto. Para medir usan instrumentos como las balanzas y los termómetros.

Repaso

En la página 9, ¿cómo estima Ryan la longitud del hueso? En la página 11, ¿qué instrumento usa Ryan para medir el hueso? ¿Qué nos dice su respuesta acerca del tamaño de Ryan?

¡Inténtalo!

¿De qué tamaño son los huesos de tus piernas?

Trabaja con un amigo(a).

(No olvides anotar las medidas).

Pon una cinta de medir sobre la parte exterior de la pierna de tu amigo(a).

Mide desde la parte de arriba de la pierna hasta donde comienza la rodilla. ¿De qué tamaño es el hueso de la parte superior de la pierna de tu amigo(a)?

Ahora, mide el hueso inferior de la pierna desde la rodilla hasta el tobillo. ¿De qué tamaño es ese hueso?

Ahora es el turno de tu amigo(a) de medir los huesos de tu pierna. Comparen las medidas. ¿Qué han descubierto?